I0548568

LETTRES

D E M.

DE VOLTAIRE,

A M. le Duc de la Valliere.

A Mylord Lydletton.

Réponse de Mylord Lydletton.

Réponse de M. de Voltaire, à M. l'Abbé Trublet.

LETTRE

DE M.

DE VOLTAIRE,

A M. LE DUC

DE LA VALLIERE.

OTRE procédé, Monseigneur le Duc, est de l'ancienne Chevalerie ; vous vous exposez pour sauver un homme qui s'est mis en péril à votre suite. Mais la petite erreur dans laquelle vous m'avez induit, sert à déployer votre profonde érudition. Peu de Grands-Fauconiers auraient déterré les *Sermones Festivi*, imprimés en 1502, & réimprimés en 1515. Raillerie à part, vous faites une action digne de votre belle ame, en vous mettant pour moi à la brèche.

Vous me difiez dans votre premiere Lettre,

qu'*Urfeus Codrus* était un grand Prédicateur ; vous m'apprenez dans votre feconde, que c'était un grand libertin, mais qu'il n'était pas Cordelier. Vous demandez pardon à S. François d'Affife, & à tout l'Ordre Séraphique, de la méprife où je fuis tombé ; je me joins à vous, & je prends fur moi la pénitence ; mais il refte toujours très-véritable que les myftères repréfentés à l'Hôtel de Bourgogne, étaient beaucoup plus décents que la plûpart des Sermons de ce temps. C'eft fur ce point que roule la queftion.

Mettons qui nous voudrons à la place d'Ur-feus Codrus, & nous aurons raifon. Il n'y a pas un mot dans les myftères qui révoltent la pu-deur & la piété. Quarante Affociés qui font, & qui jouent des Piéces Saintes en français, ne peuvent s'accorder à déshonorer leurs Piéces, par des indécences qui révolteraient le Public, & qui feraient fermer leur Théâtre. Mais un Prédica-teur ignorant, qui travaille feul, qui ne rend compte à perfonne de fon ouvrage, qui n'a nul ufage des bienféances, peut mêler dans fon Ser-mon quelques fottifes, furtout, quand il les pro-nonce en Latin.

Tels étaient, par exemple, les Sermons du Cordelier Maillard, que vous avez fans doute dans votre Bibliothéque. Vous verrez dans fon Sermon du Jeudi de la feconde Semaine de Ca-rême, qu'il apoftrophe ainfi les Femmes des Avo-cats qui portent des habits garnis d'or ; *Vous di-tes que vous êtes vêtues fuivant votre état, à tous les Diables votre état, & vous-mêmes, Mefdemoi-felles. Vous me direz peut-être, nos Maris ne nous donnent point de fi belles robes, nous les gagnons de la peine de notre corps; à trente mille Diables la peine de votre corps, Mefdemoifelles.*

Je ne vous répéte que ce trait de Frere Maillard, pour ménager votre pudeur; mais fi vous voulez vous donner le foin d'en chercher de plus forts dans le même Auteur, vous en trouverez de dignes d'Urfeus Codrus. Frere André & Menot étaient fort fameux pour ces turpitudes. La Chaire, à la vérité, n'était pas toujours fouillée par des obfcénités : mais longtems les Sermons ne valurent pas mieux que les miftéres de l'Hôtel de Bourgogne.

Il faut avouer que les Prétendus-Réformés de France furent les premiers qui mirent quelque raifon dans leurs difcours, parce qu'on eft obligé de raifonner quand on veut changer les idées des hommes. Cette raifon était encore bien loin de l'Eloquence. La Chaire, le Barreau, le Théâtre, la Philofophie, la Littérature, la Théologie, tous chez nous fut, à quelques exceptions près, fort au-deffous des Piéces qu'on joue aujourd'hui à la Foire.

Le bon goût, en tout genre, n'établit fon empire que dans le Siècle de Louis XIV. C'eft là ce qui me détermina il y a longtems, à donner une legere efquiffe de ce temps glorieux, & vous avez remarqué que dans cette Hiftoire, c'eft le Siècle qui eft mon Héros, encore plus que Louis XIV. lui-même, quelque refpect, & quelque reconnaif-fance que nous devions à fa mémoire.

Il eft vrai qu'en général nos voifins ne valaient guères mieux que nous. Comment s'eft-il pu fai-

re que l'on prêchât toujours, & que l'on prêchât
fi mal ! Comment les Italiens qui s'étaient tirés
depuis fi longtems de la Barbarie en tant de gen-
res, ne fuffent pour la plûpart dans la Chaire que
des Arlequins en furplis ; tandis que la Jérufalem
du Taffe égalait l'Iliade, que l'Orlando Furiofo
furpaffait l'Odiffée ? Que le Paftor Fido n'avait
point de modèle dans l'Antiquité, & que les Ra-
phael & les Paul Véronèfe, exécutaient réelle-
ment ce qu'on imagine des Zeuxis & des Appel-
les ?

Il n'eft pas, Monfeigneur le Duc, que vous
n'ayez lû le Concile de Trente. Il n'y a point de
Duc & Pair, à ce que je penfe, qui n'en life quelque Seffion tous les matins. Vous avez remarqué
le Sermon de l'Ouverture du Concile par l'Evêque
de Bitonto.

Il prouva premierement que le Concile eft néceffaire, parce que plufieurs Conciles ont dépofé
des Rois & des Empereurs. Secondement, parce
que dans l'Enéide, Jupiter affemble le Concile des
Dieux. Troifiemement, parce qu'à la Création de
l'Homme, & à l'Avanture de la Tour de Babel,
Dieu s'y prit en forme de Concile. Il affure enfuite
que tous les Prélats doivent fe rendre à Trente,
comme dans le Cheval de Troye : Enfin, que la
porte du Paradis & du Concile eft la même, que
l'eau vive en découle, & que les Pères doivent en
arrofer leurs cœurs, comme des terres féches ;
faute de quoi, le Saint-Efprit leur ouvrira la bouche comme à Balaam & à Caïphe.

Voilà ce qui fut prêché devant les Etats géné-
raux de la Chrétienté. Le Sermon de St. Antoine

de Padoüe ; aux Poiſſons , eſt encore plus fameux
en Italie , que celui de M. de Bitonto. On pour-
rait donc excuſer notre Frere André & notre Frere Garaſſe , & tous nos Gilles de la Chaire du ſei-
ziéme & dix-ſeptiéme Siécle , s'ils n'ont pas mieux
valu que nos Maîtres les Italiens.

Mais quelle était la ſource de cette groſſiéreté
abſurde ſi univerſellement répandue en Italie du
temps du Taſſe ; en France du temps de Monta-
gne , de Charon & du Chancelier de l'Hopital ; en
Angleterre dans le Siècle du Chancelier Bacon.
Comment ces Hommes de génie ne reformaient-
ils pas leur ſiècle ? Prenez-vous-en aux Collèges,
qui élevaient la jeuneſſe , & à l'Eſprit monacal &
théologal qui mettait la derniere main à notre
barbarie que les Collèges avaient ébauchée. Un
Génie , tel que le Taſſe , liſait Virgile , & produi-
ſait la Jéruſalem. Un Machiavel liſait Térence ,
& faiſait la Mandragore. Mais quel Moine , quel
Curé , liſait Cicéron & Démoſthène ? Un malheureux Ecolier , devenu imbécile , pour avoir été
forcé pendant quatre ans , d'apprendre par cœur
Jean Deſpautère , & enſuite devenu fou pour avoir
ſoutenu Thèſe ſur l'Univerſel de la part de la
Choſe & de la Penſée , & ſur les Catégories , re-
cevait en public ſon Bonnet & ſes Lettres de Dé-
mence , & s'en allait prêcher devant un Auditoire,
dont les trois quarts étaient plus imbéciles que lui ,
& plus mal élevés.

Le peuple écoutait ces Farces théologiques , le
cou tendu , les yeux fixes & la bouche ouverte ,
comme les enfans écoutent des Contes des Sor-
ciers ; & s'en retournait tout contrit. Le même

efprit qui le conduifait aux facéties de la Mere
Sotte, conduifait à ces Sermons, & on y était
d'autant plus affidu qu'il n'en coutait rien.

Ce ne fut guères que du tems de Coëffetau &
de Balzac, que quelques Prédicateurs oferent parler raifonnablement, mais ennuyeufement. Et
enfin Bourdaloue fut le premier en Europe qui
eut de l'Eloquence en Chaire. Je rapporterai encore ici le témoignage de Burnet, Evêque de Sa-
lisburi, qui dit dans fes Mémoires, qu'en voya-
geant en France, il fut étonné de ces Sermons,
& que Bourdaloue réforma les Prédicateurs d'Angleterre, comme ceux de France.

Bourdaloue fut prefque le Corneille de la Chaire (fi on l'ofe dire) comme Maffillon en a été depuis le Racine, non que j'égale un Art profane à
un Saint Miniftère; ni que j'égale non plus la dif-
ficulté médiocre de faire un bon Sermon, à la dif-
ficulté prodigieufe de faire une bonne Tragédie.
Mais je dis que Bourdaloue porta la force du rai-
fonnement dans l'Art de prêcher; comme Corneille l'avait portée dans l'Art Dramatique, & que
Maffillon s'étudia à être auffi élégant en Profe, que
Racine l'était en Vers.

Il eft vrai qu'on reprocha quelquefois à Bourdaloue, comme à Corneille, d'être un peu trop Avo-
cat, de vouloir quelquefois trop prouver, au lieu
de toucher, & de donner quelquefois de mauvai-
fes preuves. Maffillon, au contraire crût qu'il valait mieux peindre & émouvoir; il imita Racine,
autant qu'on peut l'imiter en Profe; en prêchant
pourtant (comme de raifon) que les Auteurs
Dramatiques font damnés. Son ftile eft pûr, fes

peintures font attendriffantes. Relifez ce Morceau
fur l'humanité des Grands.

» Hélas ! s'il pouvait être quelquefois permis
» d'être fombre, bizarre, chagrin, à charge aux
» autres & à foi-même, ce devrait être à ces in-
» fortunés que la miférе, les calamités, les né-
» ceffités domeftiques, & tous les plus noirs fou-
» cis environnent : ils feraient bien plus dignes
» d'excufe, fi portant déjà le deuil, l'amertume,
» le défefpoir fouvent dans le cœur, ils en laif-
» faient échapper quelques traits au-dehors. Mais
» faut-il que les grands, les heureux du monde
» à qui tout rit, & que les joies & les plaifirs
» accompagnent par - tout, prétendent tirer de
» leur félicité même, un privilége qui excufe
» leurs chagrins bizarres & leurs caprices ? Qu'il
» leur foit permis d'être fâcheux, inquiets, ina-
» bordables, parce qu'ils font plus heureux ?
» Qu'ils regardent comme un droit acquis à la
» profpérité, d'accabler encore du poids de leur
» humeur, des malheureux qui gémiffent déjà
» fous le joug de leur autorité, & de leur puif-
« fance ? «

Souvenez-vous enfuite de ce Morceau de Bri-
tanicus.

Tout ce que vous voyez confpire à vos défirs,
Vos jours, toujours fereins, coulent dans les plaifirs
L'empire en eft pour vous l'inépuifable fource ;
Ou fi quelque chagrin en interrompt la courfe,
Tout l'univers foigneux de les entretenir,
S'empreffe à l'effacer de votre fouvenir.

Britannicus eſt ſeul. Quelque ennui qui le preſſe,
Il ne voit dans ſon ſort que moi qui s'intéreſſe ;
Et n'a pour tous plaiſirs, Seigneur, que quelques pleurs,
Qui lui font quelquefois oublier ſes malheurs.

Je crois voir dans la comparaiſon de ces deux
Morceaux, le Diſciple qui tâche de lutter contre
le Maître. Je vous en montrerais vingt exemple,
ſi je ne craignais d'être long.

Maſſillon & Cheminais ſçavaient Racine par
cœur, & déguiſaient ſes Vers dans leur Proſe.
C'eſt ainſi que pluſieurs Prédicateurs venaient apprendre chez Baron, l'Art de la Déclamation, &
rectifiaient enſuite le geſte du Comédien par le
geſte de l'Orateur ſacré. Rien ne prouve mieux
que tous les Arts ſont freres, quoique les Artiſtes
ſoient bien loin de l'être.

Le malheur des Sermons, c'eſt que ce ſont
des Déclamations dans leſquelles on dit ſouvent
le pour & le contre. Le même Homme qui, Di-
manche dernier, aſſurait qu'il n'y a point de félicité dans la Grandeur, que les Couronnes ſont
d'Epines, que les Cours ne renferment que
d'illuſtres malheureux, que la joie n'eſt repan-
due que ſur le front du Pauvre ; prêche le Di-
manche ſuivant, que le Peuple eſt condamné à
l'affliction & aux larmes, & que les Grands de
la terre ſont plongés dans des délices dange-
reuſes.

Ils diſent dans l'Avent, que Dieu eſt ſans ceſſe
occupé du ſoin de fournir à tous nos beſoins ;
& en Carême, que la terre eſt maudite. Ces lieux

communs les ménent jusqu'au bout de l'année par des phrases fleuries.

Les Prédicateurs en Angleterre ont pris un autre tour qui ne nous conviendrait guères. Le Livre de la Métaphysique la plus profonde, est le Recueil des Sermons de Clarke. On dirait qu'il n'a prêché que pour des Philosophes qui auraient pû lui demander à chaque période un long éclaircissement, & *le Français à Londres, à qui on ne prouve rien*, aurait bientôt laissé là le Prédicateur. Son Recueil a fait un excellent Livre, que peu de gens sont capables d'entendre.

Quelle différence entre les Temps, & entre les Nations ! & qu'il y a loin de Frere Garasse, & de Frere André, aux Clarkes & aux Massillons !

Dans l'étude que j'ai faite de l'Histoire, j'en ai toujours tiré ce fruit, que le temps où nous vivons est de tous les temps le plus éclairé, malgré nos mauvais Livres, comme il est le plus heureux malgré quelques calamités passagères. Car quel est l'Homme de Lettres qui ne sache que le bon goût n'a été le partage de la France, qu'à commencer au temps de Cinna & des Provinciales ? Et quel est l'Homme un peu versé dans notre Histoire qui puisse assigner un temps plus heureux depuis Clovis, que le temps qui s'est écoulé depuis que Louis XIV. commença à régner par lui-même, jusqu'au moment où j'ai l'honneur de vous parler. Je défie l'homme de la plus mauvaise humeur de me dire quel Siécle il voudrait préférer au nôtre.

Il faut être juste ; il faut convenir, par exemple, qu'un Géomêtre de vingt-quatre ans, en fait beaucoup plus que Defcartes, qu'un Vicaire de Paroiffe prêche plus raifonnablement que le grand Aumonier de Louis XII. La Nation eft plus inftruite, le ftyle en général eft meilleur, par conféquent les Efprits font mieux faits aujourd'hui qu'ils ne l'étaient autrefois.

Vous me direz, M..... que nous fommes à préfent dans la décadence du fiécle, & qu'il y a beaucoup moins de génie & de talents que dans les beaux jours de Louis XIV. Oüi, le génie a baiffé néceffairement, mais les lumières fe font multipliées. Mille Peintres du temps de Salvatorroze, ne valaient pas Raphaël & Michel-Ange. Mais ces mille Peintres médiocres, que Raphël & Michel-Ange avaient formés, compofaient une Ecole infiniment fupérieure à celle que ces deux grands Hommes trouvèrent établie de leur temps. Nous n'avons à préfent, fur la fin de notre beau fiécle, ni de Maffillon, ni de Bourdaloüe, ni de Boffuet, ni de Fénelon ; mais le plus ennuyeux de nos Prédicateurs d'aujourd'hui eft un Démofthène, en comparaifon de tous ceux qui ont prêché depuis Saint Remi jufqu'au Frere Garaffe.

Il y a plus de diftance de la moindre de nos Tragédies, aux piéces de Jodelle, que de l'Athalie de Racine aux Macchabées de Lamotte, & au Moyfe de l'Abbé Nadal. En un mot, dans tous les Arts de l'efprit, nos Artiftes valent moins qu'au commencement du grand fiécle, & dans fes beaux jours ; mais la Nation vaut mieux. Nous fommes innondés à la vérité de brochures, & la mienne fe mêle à la foule ; c'eft une multitude prodigieufe de moucherons & de chenilles , qui prouvent l'abondance des fruits & des fleurs. Vous ne voyez pas de ces infectes dans une terre ſtérile ; & remarquez que dans cette foule immenſe de ces petits écrits , tous effacés les uns par les autres , & tous précipités au bout de quelques jours dans un oubli éternel , il y a fouvent plus de goût & de fineſſe que vous n'en trouveriez dans tous les livres écrits avant les Lettres Provinciales,

Voilà l'état de nos richeſſes de l'efprit, comparées à une indigence de plus de douze cens années.

Si vous examinez à préſent nos Mœurs, nos Loix, notre Gouvernement, notre fociété, vous trouverez que mon compte eſt juſte. Je date depuis le moment où Louis XIV. prit en main les rênes ; & je demande au plus acharné frondeur, au plus triſte Panégiriſte des temps paſſés, s'il ofera comparer le temps où nous vivons, à celui où l'Archevêque de Paris portait au Parlement un poignard dans fa poche ? Aimera-t-il mieux le fiecle précédent, où l'on tuait le premier Miniſtre à coup de piſtolet, & où l'on condamnait fa femme à être brulée comme forciere ? Dix ou douze années du grand Henri IV. paraiſſent heureuſes, après quarante ans d'abominations & d'horreurs qui font dreſſer les cheveux : mais pendant ce peu d'années que le meilleur des Princes employait à guérir nos bleſſures, elles faignaient encore de tous côtés : le poiſon de la Ligue infectait encore les efprits ; les familles étaient diviſées ; les mœurs étaient dures, le Fanatiſme règnait par tout, hors à la Cour ; le

Commerce commençait à naître, mais on n'en goutait pas encore les avantages; la société était fans agrémens, les Villes fans Police, toutes les confolations de la vie manquaient en général aux hommes.

Remontez à travers cent mille affaffinats commis au nom de Dieu, fur les débris de nos Villes en cendres, jufqu'au temps de François I. vous voyez l'Italie teinte de notre fang, un Roi prifonnier dans Madrid, les ennemis au milieu de nos Provinces.

Le nom de Pere du Peuple eft refté à Louis XII, mais ce Pere eut des enfans bien malheureux, & le fut lui-même. Chaffé de l'Italie, duppé par le Pape, vaincu par Henri VIII, obligé de donner de l'argent à fon Vainqueur pour époufer fa fœur, il fut bon Roi d'un peuple groffier, pauvre, & privé d'Arts & de Manufactures. Sa capitale n'était qu'un amas de maifons de paille, & de plâtre, prefque toutes couvertes de chaume. Il vaut mieux fans doute, vivre fous le bon Roi d'un peuple éclairé & opulent, quoique malin & raifonneur.

Plus vous vous enfoncez dans les fiecles précédens, plus vous trouvez tout fauvage; & c'eft ce qui rend notre Hiftoire de France fi dégoutante, qu'on a été obligé d'en faire des abrégés chronologiques à colonnes, où tout le néceffaire fe trouve, & où l'inutile feul eft omis, pour fauver l'ennui d'une lecture infupportable, à ceux de nos compatriotes qui veulent favoir en quelle année la Sorbonne fut fondée; & aux curieux, qui doutent fi la Statue équeftre qui eft dans la Cathé-

drale gothique de Paris , eſt de Philippe de Va‑
lois ou de Philippe-le-Bel.

Ne diſſimulons point ; nous n'éxiſtons que de‑
puis environ ſix vingt ans : Loix , Police , Diſci‑
pline Militaire , Commerce , Marine , Beaux Arts ,
Magnificence , Eſprit , Goût , tout commence à
Louis XIV , & pluſieurs avantages ſe perfection‑
nent aujourd'hui. C'eſt là ce que j'ai voulu inſinuer ,
en diſant que tout était barbare chez nous auparaꞋ
vant ; & que la chaire l'était comme tout le reſte.
Urſeus Codrus , ne valait pas trop la peine que je
vous parlaſſe long-temps de lui ; mais il m'a four‑
ni ces réflexions que je crois utiles.

N. B. Dans l'éloge que je viens de faire de ce ſiecle ,
dont je vois la fin , je ne prétend point du tout compren‑
dre le Libraire qui a imprimé l'Appel aux Nations , en
faveur de Corneille & de Racine , contre Shakeſpear &
Otwai ; & j'avouerai ſans peine que Robert Etienne im‑
primait plus correctement que lui. Il a mis *des certitudes* ,
pour *des attitudes. Profâne* , pour *ancienne. Votre ſœur* ,
pour *ma ſœur ;* & quelques autres contre - ſens qui défi‑
gurent un peu cette importante brochure. Comme c'eſt un
procès qui doit être jugé à Pétersbourg , à Berlin , à Vienne ,
à Paris & à Rome , par les gens qui n'ont rien à faire , il
eſt bon que les pieces ne ſoient pas alté‑rées

LETTRE DE M. DE VOLTAIRE.

A MYLORD LYDLETTON.

J'A1 lû les ingénieux Dialogues des morts : j'y trouve que je fuis exilé & que je fuis coupable de quelques excès dans mes Ecrits. Je fuis obligé (peut-être pour l'honneur de ma nation) de dire que je ne fuis point exilé parce que je n'ai pas commis les fautes que l'Auteur des Dialogues m'impute.

Perfonne n'a plus élevé fa voix que moi en faveur des Droits de l'humanité ; & cependant je n'ai jamais excédé même les bornes de cette vertu.

Je ne fuis point établi en Suiffe comme il le croit. Je vis dans mes terres en France ; la retraite convient aux Vieillards & furtout la retraite dans fes poffeffions. Il eft vrai que j'ai une petite maifon de campagne auprès de Genève, mais ma demeure & mes Châteaux font en Bourgogne; la bonté que mon Roi a eu de confirmer les priviléges de mes terres qui font exemptes de toute impofition, m'a encore attaché à fa perfonne.

Si j'avois été exilé, je n'aurois pas obtenu des paffeports de ma Cour pour plufieurs Seigneurs Anglais. Le fervice que je leur ai rendu me donne droit à la juftice que j'attends de l'Auteur des Dialogues.

Quant à la Religion, je penfe & je crois qu'il penfe comme moi, que Dieu n'eft ni Presbyterien, ni Luthérien, ni de la baſſe, ni de la haute Egliſe : Dieu eſt le Pere de tout le genre humain, Pere de Mylord & le mien.

Je ſuis, &c.

Du Château de Ferneix en Bourgogne.

RÉPONSE

DE MYLORD LYDLETTON.

MONSIEUR,

J'ai reçu l'honneur de votre Lettre dattée de votre Château de Ferneix en Bourgogne, je vois le tort que j'ai eu en nommant votre retraite un exil. Lorsqu'on fera une nouvelle Edition de mes Dialogues en Anglais ou en Français, j'aurai soin de faire corriger cette erreur; je suis bien fâché de ne l'avoir pas su plutôt, car j'aurais pû faire faire ce changement dans la traduction Françaife que je viens de faire imprimer à Londres sous mes yeux. Je dois à la vérité & à moi-même de vous rendre justice. Vous avez de bien meilleurs titres pour l'obtenir, que les passeports que vous avez fait avoir à quelques Gentils-hommes Anglais : vos droits sont fondez sur les sentimens distingués de respect que j'ai pour vous & que je ne crois pas devoir aux Priviléges que vous m'aprenez que le Roi de France a confirmé à vos Terres, mais aux grands talens que Dieu vous a donnés, & au rang que vous tenez dans la République des Lettres. Les faveurs que votre Roi vous a faites lui font honneur, mais elles n'ajoutent aucun lustre au nom de Voltaire.

Je pense comme vous que Dieu est le Pere de tout le genre humain; je regarderois comme un blasphême blafphême de vouloir borner fa bonté à une feule Secte, & je ne crois pas qu'aucune de fes Créatures puiffe être agréable à fes yeux fi elle n'étend fa bienveillance fur tout ce qui eft créé. J'ai vu avec grand plaifir cette opinion dans vos Ouvrages, & je regarderais comme un bonheur de pouvoir être convaincu que votre liberté de penfer & d'écrire fur les différens fujets de Philofophie & de Reli- gion n'ont point excédé les bornes d'un principe auffi généreux ; ou que vous défaprouvez dans les momens où vous y penfez de fang froid, tous les écarts d'imagination qui ne peuvent pas être juftifiez, mais qui font au moins excufés par la vivacité & le feu du génie.

J'ai l'honneur d'être, &c.

RÉPONSE de M. de Voltaire à la Lettre de M. l'Abbé Trublet, du 20 Avril 1761, qui lui avait envoyé son Discours de réception à l'Académie Française, au Château de Ferneix le 27 Avril 1761.

Votre Lettre & votre procédé généreux, Monsieur, font des preuves que vous n'êtes pas mon ennemi, & votre Livre vous faisait soupçonner de l'être! J'aime bien mieux en croire votre Lettre que votre Livre : vous aviez imprimé que je vous faisais bailler, & moi j'ai laissé imprimer que je me mettais à rire ; il résulte de tout cela que vous êtes difficile à amuser, & que je suis mauvais plaisant ; mais enfin en baillant & en riant, vous voilà mon confrere & il faut tout oublier en bons Chrétiens & en bons Académiciens.

Je suis fort content, Monsieur, de votre harangue, & très-reconnaissant de la bonté que vous avez de me l'envoyer : à l'égard de votre Lettre *Nardi parvus onix eliciet cadum.* Pardon de vous citer Horace que vos Héros, Messieurs de Fontenelle & de la Motte ne citaient guères. Je suis obligé en conscience de vous dire que je ne suis pas né plus malin que vous, & que dans le fond je suis bon homme. Il est vrai qu'ayant fait réflexion depuis quelques années qu'on ne gagnait rien à l'être, je me suis mis à être un peu gai,

parce qu'on m'a dit que cela eft bon pour la
fanté. D'ailleurs je ne me fuis pas cru affez im-
portant, affez confidérable, pour dédaigner toujours certains illuftres ennemis qui m'ont attaqué
perfonnellement pendant une quarantaine d'années, & qui les uns après les autres ont effayé de
de m'accabler, comme fi je leur avais difputé
un Evêché ou une place de Fermier Général. C'eft
par pure modeftie que je leur ai donné enfin
fur les doigts. Je me fuis cru précifément à leur
niveau, *Et in arenam cum æqualibus defcendi.*
Comme dit Ciceron.

Croyez, Monfieur, que je fais une grande différence entre vous & eux ; mais je me fouviens
que mes rivaux & moi, quand j'étois à Paris,
nous étions tous fort peu de chofe, de pauvres
Ecoliers du fiécle de Louis XIV. Les uns en vers,
les autres en profe, quelques-uns moitié profe,
moitié vers, du nombre defquels j'avois l'honneur d'être, infatigables Auteurs de piéces médiocres, grands compofiteurs de rien, pefant grave-
ment des œufs de mouches dans des balances de
toile d'arraignées ; je n'ai prefque vu que de la
petite charlatannerie : je fens parfaitement la valeur
de ce néant ; mais comme je fens également le
néant de tout le refte, j'imite le vejanius d'Horace.

Vejanius armis
Herculis ad poftem fixis, latet abditus agro.

C'eft de cette retaite que je vous dis très-fincére-
ment que je trouve des chofes utiles & agréables

dans tout ce que vous avez fait, que je vous pardonne
cordialement de m'avoir pincé, que je fuis fâché
de vous avoir donné quelque coups d'épingle, que
votre procédé me défarme pour jamais, que
Bonhommie vaux mieux que raillerie, & que je fuis,
Monfieur, mon cher Confrere de tout mon
cœur, avec une véritable eftime & fans compli-
ment, comme fi de rien n'était,

Votre très-humble & très-obéïffant ferviteur V.

www.ingramcontent.com/pod-product-compliance
Lightning Source LLC
Chambersburg PA
CBHW061514170626
46811CB00004B/1729